petits points rouges

Première édition dans la collection lutin poche : janvier 1998

Titre original : « I puntini rossi » (Editoriale Libraria, Trieste, 1986)
Loi numéro 49 956 du 16 juillet 1949 sur les publications
destinées à la jeunesse : septembre 1986
Dépôt légal : janvier 1998
Imprimé en France par Maury à Manchecourt

Altan

petits points rouges

lutin poche de l'école des loisirs
11, rue de Sèvres, Paris 6e

un point rouge…

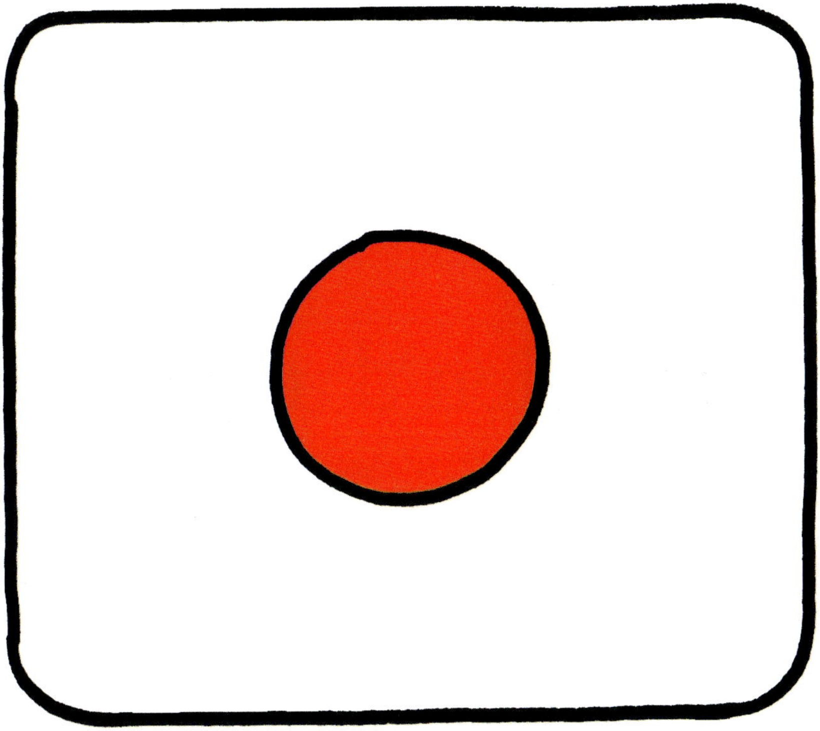

au milieu d'un pré ?

c'est
un champignon.

sous les feuilles ?

c'est une fraise.

dans un champ
de blé jaune ?

c'est un coquelicot.

parmi les nuages ?

c’est un ballon.

et sur la glace,

c'est une cerise

qui ressemble
au nez...

d'un drôle
de clown !